衛斯理系列 少年版 29
換頭記

下

作者：衛斯理

文字整理：耿啟文

繪畫：鄺志德

衛斯理
親自演繹衛斯理

老少咸宜的新作

　　寫了幾十年的小説，從來沒想過讀者的年齡層，直到出版社提出可以有少年版，才猛然省起，讀者年齡不同，對文字的理解和接受能力，也有所不同，確然可以將少年作特定對象而寫作。然本人年邁力衰，且不是所長，就由出版社籌劃。經蘇惠良老總精心處理，少年版面世。讀畢，大是嘆服，豈止少年，直頭老少咸宜，舊文新生，妙不可言，樂為之序。

倪匡　2018.10.11　香港

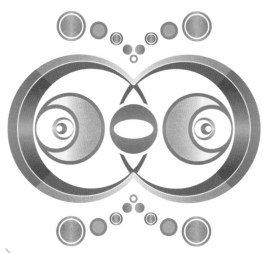

主要登場角色

奧斯教授

「靈魂」

衛斯理

巴圖

平東上校

第十一章

平東上校居然把奧斯教授被擄去的**責任**推到我的頭上，逼我幫他們去A區救出奧斯，行徑實在跟「靈魂」無異，我登時**火冒三丈**，反駁他：「是你們主動要求我來見面的，而且保護奧斯教授是你們的工作，怎麼可以將責任推到我的頭上來！」

「奧斯教授是**你的朋友**，難道你見死不救嗎？」平東上校說。

5

「死?」我反問道:「我和你,還有你那二三十個部下都沒有死,怎見得奧斯教授會有**生命危險**?」

我的話點出了一個問題,使平東上校立時疑惑地思索着,「對啊,『靈魂』為什麼沒有向我們**下毒手**,只把我們迷暈而已?」

「這表示,他想討好奧斯教授。」我説。

平東上校以「**願聞其詳**」的神情望着我。

我便解釋道:「現時他們的目的只有一個,就是要奧斯教授答應他們的要求。如果將我們殺了,教授一定會很敵視他們,不願意為他們做事。所以,連我們都**安然無恙**,教授的安全就更不用擔心了。」

「可是——」

平東上校還想說服我到Ａ區去救出奧斯，我連忙打斷他的話：「不必多說了！你把我當成電影裏的**超級英雄**嗎？我只是一個普通市民，哪有能力到Ａ區去，從特務組織手中救出一名教授？這應該是你們**情報機關**的責任，希望你們＿＿＿＿＿＿**盡快行動**，早日成功，再見！」

我說完轉身就走，雖然剛才說得**理直氣壯**，但心裏還是有點替奧斯擔心，畢竟Ａ區是個可怕的地方，連我自己都不敢獨闖，更何況是被強行擄去的奧斯？

我在路邊截了一輛的士 ，上車後，司機問：「去哪裏？」

由於心神恍惚，我竟自然而然地回答道：「回家。」

司機大概當我是神經病，望了我好一會，再問：「先生，府上在哪裏？」

我呆了一呆，才尷尬地笑了一下，「對不起，我正在想別的事，我要到——」

我的話還未講完，車門卻突然被一個人打開，那人探頭進來，向司機說：「對不起，這位先生不需要坐車。」

那傢伙一面說，一面伸手來抓我的手臂，在這樣的情形下，我認定來者不善，於是揚起拳頭，疾揮而出，就在離那人下巴只有半寸的時候，我的拳頭立時煞住了。

因為我看清楚，那人是我的好朋友巴圖！

他是平東上校那個國家的 異種情報 處理專家，和我有深厚的交情。

拳頭沒有擊中巴圖，而我已被他拉出了車廂，的士隨即「呼」地一聲駛走，司機還大罵了一句：「兩個神經病！」

我和巴圖相視而笑，我用力拍了幾下他的肩頭，他也用力拍着我。

「你是什麼時候來到的，怎麼不告訴我？」我問。

「我也是剛剛到，我本來在附近的**城市**處理事務，上頭突然收到一項異種情報，而我離這裏最近，所以立刻派我來了解情況，提供協助。」

一聽他這樣說，我就想起奧斯的事，便問：「你收到的異種情報是什麼？」

「說出來**嚇你一跳**。」

他愈是這麼說，我愈覺得自己的猜測對了，我回應道：「你**別**，只管說好了，我不至於那麼膽小。」

「情報說，A區領袖快要死了，除非替他進行一項換頭手術。」

我果然猜對了，他收到的異種情報，正是我無辜被捲進去的這件**驚天大事**！

11

看到我呆住的反應，他哈哈大笑：「看，你果然嚇了一跳！」

我伸手握住了他的手臂，低聲道：「你瘋了，這樣的事，別說得那麼大聲！」

巴圖卻依然哈哈地笑着，「衛，別太緊張，能在大街上聽到的驚人**秘密**，誰會當真？」

他又拍着我的肩說：「我要和一個人**接頭**，你可願意一起去見他？」

「平東上校？」我問。

他有點愕然，「是的，我必須向他了解情況。」

「不必了，我不想再去見他，因為我才從他那裏出來。」

「那麼，你到我的**酒店**房間等我，金像酒店707室，我隨即就來！」

　　巴圖一面說，一面將鑰匙拋了給我，然後轉身，連跳帶奔走了開去，他永遠那麼精力充沛。

　　我又截了一輛的士，到了金像酒店，707室是一間極豪華的大套房，我坐在一張柔軟的天鵝絨沙發上，打電話向白素說明我必須遲歸的原因。等待了半小時左右，便有人敲門，巴圖回來了。

門一打開，巴圖就如一陣旋風捲了進來：「太好了，衛，太好了！」

我瞪着他：「什麼太好了？」

「能夠和你一起工作，不好麼？」

「什麼意思？」我驚問。

「平東上校已經對我說了。」他依然很興奮。

我立即冷冷地說：「那麼他一定忘了告訴你，我已經嚴正拒絕了他的無理要求。」

「為什麼？」巴圖很訝異，「難道你不知道這件事的嚴重性？」

「我知道得比你多，你所得的情報，全是由我供給的。」

「但有一點你不知道。」

「是什麼？」我疑惑道。

「這位大獨裁者正在傾全力發展一種**新型核子武器——**」

我不等他講完，便冷笑了一下，「這也算是秘密麼？」

「你聽我講下去。根據**人造衛星**偵察，他最後一次出現的地點，正好在他們核子基地附近。」

「那有什麼稀奇，他去巡視核子基地，十分平常。」

巴圖説：「是的，他一年總有幾次在那裏出現，但這次有多少例外。」

「什麼**例外**？」

「往常，他視察完核子基地後，回到首都，他的部屬照例會在**機場** 🛩️ 迎接他，但是這一次，他似乎根本沒有回去！」

我開始感到好奇了，便追問：「你們還查到了什麼？」

「我們探測到，那裏的輻射塵增加，自此之後，四個月來，A區領袖沒有**公開露面** 🙈 過，而那個核子基地的一切活動亦忽然停止。」

我漸漸聽出一些端倪了，巴圖繼續説：「上個月，我們故意要換大使，想趁着呈遞國書的機會，逼他出現，結果他派**副手** 🧍代替！」

「那麼，這些情報拼湊出來的結果是——」

「我們的結論是，那個核子基地出了一個小意外，說是**小意外**，因為輻射塵只是微量增加，沒有對周圍造成影響。不過，卻令這個大獨裁者受了傷！」

「你怎麼知道他是**受傷**，而不是死了？」我問。

「如果他真的死了，當局不可能**隱瞞**四個月那麼久，所以結合了你們的情報，我推斷他受了重傷，很可能是身體被**輻射**灼傷，而只有頭部完好，但身上的傷一直在蔓延，所以才無論如何要找到奧斯教授，為他做換頭手術！」

第十二章

暴行險着

「我們必須將奧斯教授救出來。」巴圖十分殷切地對我說。

我立刻搖頭道:「**是你**，**不是我們**。」

巴圖嘆了一聲,「難道你還不明白?這件事,奧斯教授答應也好,不答應也好,成功也好,失敗也好,他都很難再**活着離開**!」

我聽了之後,默然不語。因為巴圖的話是對的,雖然我曾向平東上校說過,奧斯不會有生命危險,但那只是暫時的事。聽「靈魂」的**口吻**,這件事非常緊急,只有幾天時間,那表示,A區領袖活不了多少天。如果奧斯不

答應，幾天後領袖**死了**💀，奧斯便失去用處，很大可能會被他們殺了泄憤。

　　如果奧斯答應了，但手術失敗，他同樣會被**治罪**🔗而死。就算手術成功，A區領袖活過來，但奧斯知道的秘密實在太多，「靈魂」不會放他走，必定將他留在A區，繼續**跟進**👁👁A區領袖的身體情況，甚至要為更多人做這類的手術。

不論在什麼情形下，奧斯都得死，或者永遠失去自由。但是，**我又能做些什麼呢**？

我呆了半晌，仍然搖着頭。

巴圖又嘆了一聲，「任何**困難**的事，我都喜歡一個人做，但這件事，我需要你幫助，我們要去挽救一個傑出科學家的生命，這個科學家，有可能使**人類**醫學史完全改變面貌！」

我也嘆了一聲，「我並沒有答應你的要求，但不妨聽一下你的**計劃**如何。」

巴圖說：「計劃很巧妙，我們以高級**外交人員**的身分進入A區，就算失敗，至多被驅逐出境。這個外交官的身分非常好用，一到達當地，我們就立即收集情報，策劃行動，一切**見機行事**。只要你肯，現在馬上可以出發。」

「這麼快？」我很驚訝。

巴圖點了點頭，「我已經通知了這裏的工作人員，準備兩份外交人員的 身分證明，現在，持有你我兩人外交身分證明的人，正在機場等候我們。」

我 沉默，還在考量着。巴圖又説：「衛，你如果不答應，那我自己去好了，你知道，我們至多只有三天時間，每一秒鐘都十分 寶貴。」

奧斯和巴圖都是我的好朋友，我實在無法眼看着他們 身陷 險境，而不加以援手。所以我只好伸出手去，和巴圖的手握了一下，一切就這樣決定了。

七小時之後，我們乘坐 的 超音速噴射機，在A區 一個大城市的機場上降落。

當我們步出噴射機時，看到機場上軍警林立，雖然我們持有正式外交人員的文件，但看到了這種場面，心中也不禁感到一股 **寒意**。

一個中校帶着幾個士兵，向我們走來，板着臉孔，冷冷地 **打量** 了我們一眼，「你們就是那兩個外交人員？」

巴圖說：「是的，**使館** 的人會來接我們，你現在要檢查相關的文件嗎？」

「不必了。」那中校仍是板着臉，「而且，也不會有人來接你們，因為在一小時前，外交部已宣布你們為**不受歡迎人物**，你們必須立即離去。」

「什麼？」巴圖高叫了起來，「這不合外交慣例，我要和我們使館的人接觸，我們**抗議**貴國這樣的做法！」

那位中校立刻說：「外交慣例？像你們這樣，懷有**特殊目的**，就合乎外交慣例？」

　　巴圖呆了一呆，那中校接着説：「我們已替你準備好了回程的飛機，請跟我來。」

　　巴圖忙道：「不，我們要回去的話，當然坐自己的飛機離去。」

　　「不行，你們的飛機在一入國境時，空軍部隊已下令扣留了。」

　　巴圖氣得臉色大變，那是他們國家最先進的飛機，含有不少技術秘密，若是被對方扣留，那當真是偷雞不着蝕把米了！

　　「你簡直是流氓！」巴圖怒吼。

　　那中校厲聲道：「侮辱軍官，是要付出代價的！」

　　巴圖還想再罵，但我立刻拉了拉他的手臂，「巴圖，我們走吧！」

「可是那飛機——」

我攤了攤手，「有什麼辦法？你看到了沒有，機場上足有一團士兵，而我們只有兩個人。」

「飛機不能給他們！」巴圖竟突然拋下一個煙霧彈，「轟」地一聲，一大團 煙霧 便爆了開來。

我絕不贊成在這樣的情形下出手，可是巴圖這傢伙已經出手了，我只好配合。

我們認清了飛機的方向，疾奔過去，衝出了煙霧，登上飛機。

由於煙霧瀰漫，他們不敢亂開槍，怕誤中自己人。

巴圖首先跳進了機艙，然後伸手拉我進去，他迅速發動飛機引擎，飛機立時在跑道上向前衝去！

這簡直是 **電影** 裏才會出現的場面，機關槍開始從四方八面射過來，飛機猛地一震，左翼已經着火了，巴圖用力按下一個紅色的 **圓掣**，同時説：「就算逃不了，也不能讓他們得到這飛機！」

那個紅色圓掣一按下去，我和他兩個人同時被一股極強的力量，連人帶椅彈出了機艙，呈  拋物線 。彈出，大約彈高了一百米左右，我們身在半空可以看清機場的形勢。

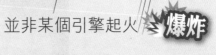

　　這時煙霧已漸散，飛機周圍的士兵至少有三百人，他們看見我倆彈出機艙後，沒有再開槍，因為知道我們已**插翼難逃**了。

　　但他們沒有想到，飛機突然發生爆炸，而且爆炸的方式非常怪異，

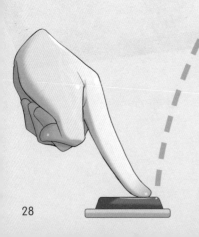

並非某個引擎起火**爆炸**，而是整架飛機十分平均地炸成了碎片，那顯然是預先設計好的自我引爆裝置，令敵人無法取得飛機內的任何技術。

我和巴圖的座椅自動往上
方彈出了 降落傘 ，而座椅下
方同時又彈出了一個氣墊，並
且迅速地自動充氣。

我倆因此可以安然無恙，慢慢地降落到幾十米外的跑道上。

但不出所料，迎接我們的，是一整排的軍隊，團團包圍住我們。當我們解開座椅的安全帶，從氣墊下來的時候，那個中校已經滿面怒容地衝到我們面前，怒吼道：

「你們被捕了！」

巴圖十分冷靜地說：「我們是外交人員。」

中校厲聲重複着：「你們已被捕！」

這時候，有四輛吉普車疾駛而至，跳下十來位手持武器的軍官，然後，一位將軍下車。

那是一個身材十分魁偉高大的少將，中校一見到他，立即敬禮並退了開去。

少將來到了我們面前，我不能不佩服巴圖，在這樣惡劣的情形下，他仍然擺出一副若無其事的模樣，對少將

說：「將軍閣下，我想貴國對我們兩人的身分，一定有些**誤會**。」

少將得意地笑了起來，「一點也不，特務先生。」

他一面說，一面用戴着手套的手，幾乎直指到我的鼻尖上來：「尤其是這位先生，我們國家安全部部長，早已提醒過我們了。」

我不禁倒抽了一口涼氣，他口中的「國家安全部部長」，正是「**靈魂**」！

第十三章

進入「王宮」

那位少將對我說：「他下令全國，注意你的蹤迹，想不到你竟然這樣堂而皇之地冒認外交人員！」

我強辯道：「不是冒認，我是正式的外交人員，有真正的證件！」

他傲然地說：「不論有什麼證件，你們兩人都必須被扣押，如果你們是真正的外交人員，那就等你們國家來交涉吧！」

我向巴圖望去，在這樣的情形下，巴圖也只好望着我

苦笑。

在幾名軍官的監視下，我們上了一輛**吉普車**，車子一直駛到那極其巍然的「王宮」。「王宮」是他們的**領袖府**，我們竟被帶到這裏來，真不知道他們想將我們怎樣。

車子一到了「**王宮**」外圍，便停了下來，兩名軍官上前去和守衛交驗證件，所有的軍人立時撤退，再由穿着淺藍色制服的特衛隊來接替開車子。

A區的特衛隊是最高的**特權階層**，人數並不多，只有三百人左右，全是軍隊中的團長，而他們離開了特衛隊之後，假如沒有神秘死亡的話，便可以做更高的官職。

特衛隊的司令官也是「**靈魂**」。

我們的車子繼續向前駛，穿過了一條兩旁全是名貴花卉的大道，直來到了「王宮」的門前。我們下車的時候，

看到一個 **特衛隊** 的官員，正等在車旁，那軍官居然和我們握手：「我是泰中將，特衛隊的副司令官。」

我笑道：「幸會。這裏就是著名的『王宮』了？你們領袖要召見我們？」

泰中將的年紀不算大，但講話的神情卻極嚴肅，「兩位，你們將要見一位 **偉大的人物**。」

我和巴圖互望了一眼，心中暗忖，難道真的是A區領袖要召見我們？如果是的話，那麼我們的猜測便錯了，因為我們推斷那位 **大獨裁者** 正在死亡的邊緣！

我保持笑容道：「很樂意見到這位大人物。」

泰中將翻起手腕，對着他的「手表」吩咐道：「第一分隊，到正門來 **集合**。」

他這句話才一出口，不到十五秒鐘，便有十二名特衛隊員奔了過來，泰中將下令：「你們負責看管這兩個人，

一有異動，格殺勿論！」

35

　　一個看來是分隊長的人高聲答應，泰中將又說：「帶他們自第三路線，到會議室去。」

　　那十二名特衛隊員立即散開，將我們圍在中心，然後操起**整齊的步伐**，向前走去。我們被夾在中間，自然不能不跟着他們走，穿過了好幾條如**迷宮**一樣的長走廊，來到了一個房間，我們以為已經到了會議室，可是，身體突然有下沉的感覺，原來整個房間是一部巨型的**升降機**！

　　「房間」一直沉了約半分鐘，然後我們又被押着出來，經過了許多曲折的走廊，來到了另一個房間，在那裏，我們被命令脫下所有**衣服**。

　　我們當然大聲抗議，可是那位分隊長冷冷地說：「不脫也可以，但只要你們的身上有一點**金屬**的話，等一會通過光環地帶時，就自討苦吃。」

我不明白「光環地帶」是什麼意思，但巴圖低聲對我說：「脫吧，那是一種對金屬有特別效應的光，會使金屬發出高溫。」

我們脫清了衣服鞋襪，然後再穿上他們拋過來的衣服，才繼續前進。

我們經過許多道一吋厚的鋼門，來到了一個圓筒前面，那圓筒的直徑約六呎，所有人都擠進去後，圓筒突然旋轉起來，足足轉了五分鐘之久，每個人的平衡感都遭到破壞。

　　旁人是怎樣出來的我不知道，我是天旋地轉地跌出來的，一跌出來之後，身子又向上升了起來，接着被一股力量彈起，跌進了一個房間。由於剛才旋轉得實在太厲害了，所以此刻看什麼都是變形的，包括巴圖，我看到了他彎彎曲曲的身體。

　　足足花了十分鐘之久，我才能搖搖擺擺地站起來，與巴圖互相搭住對方的肩頭，使我們站得穩一些。

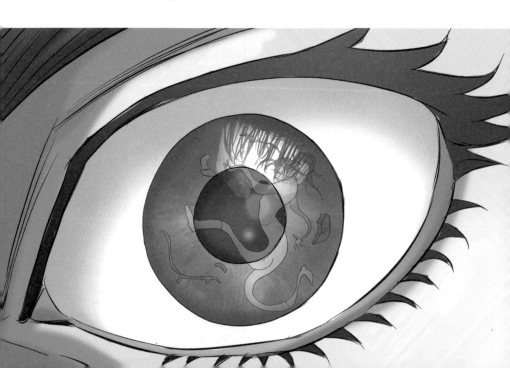

這是一間陳設得十分華麗的房間，一扇門突然打開，四個又高又瘦的人走了進來。他們走路姿勢十分怪異，雙手伸得很直，垂在身旁，像機械人一樣。而他們的手又粗又大，除了拇指之外，其餘四隻手指幾乎一樣長短，手掌看起來就像是一塊石板！

巴圖也看到了那異於常人的八隻手，但是他顯然不知道這樣的手意味着什麼，而我看到了那樣的手，卻感到一陣異樣的恐怖。因為那是中國武術之中，最難練，也最厲害的鐵砂掌！

據我所知，這種功夫早已失傳，何以會有四名這方面的高手，在A區這個國家出現？

我吸了一口氣，低聲道：「巴圖，小心這四個人，他們的手掌──」

巴圖不等我講完，就自作聰明說：「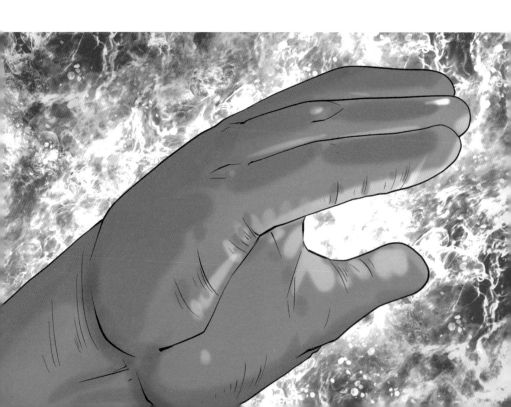空手道？」

我只覺好笑，「你以為一掌可以劈碎幾十塊土瓦片，或是一塊木板，就是不得了的功夫？這四個人練的，是正宗 中國武術中極上乘的鐵砂掌！」

巴圖雖然無法想像鐵砂掌的厲害之處，但也吃一驚地望着我。

這時候，那四人已分別站在門的兩旁，然後一個身形矮小的人，**大模大樣**地從那道門走了進來，他正是「靈魂」！

「靈魂」站在那四個人之間，沒有再向前走來，笑了幾聲，説道：「衛斯理，**天堂 有路你不走，地獄 無門卻闖進來！**」

我冷冷地回應：「你敢坦率承認這裏是地獄，倒也難得。」

「靈魂」臉色一沉，「誰和你講廢話！」

我攤開了手，「我們是**正式的外交人員**，職責自然是來溝通的。」

「靈魂」又笑了起來，「是的，而且你所代表的國家，他們的反應也很快，對你們的**失蹤**表示關切。而我們也同樣表示關切，正盡力尋找你們的下落，哈哈！」

「靈魂」得意的笑聲，令巴圖十分惱怒，他大喝道：「你是個卑鄙的 畜牲！」

「靈魂」冷笑道：「你也好不了多少，朋友，你真是來做外交工作？還是 另有所圖？你們想找回奧斯教授，是不是？」

巴圖向前走了一步，兩個站在最前面的 高個子 立時迎了上來。

巴圖向他們的手望了一眼，便站住了身子，「是的，奧斯教授是世界著名的 科學家，你們用這樣的手段，將他擄劫來——」

「靈魂」打斷了他的話頭：「你錯了，朋友。你很快就可以看到奧斯教授 親筆簽署，他自願留在我國進行科學研究的聲明書。」

　　我和巴圖**面面相覷**，知道這是他們慣用的把戲！

　　我試探着問道：「那樣說來，奧斯教授已經答應替你們領袖進行那項駭人聽聞的手術了？」

　　「靈魂」卻若無其事地說：「什麼？我們的領袖要進行手術？哈哈，你們的情報工作未免做得太差了。領袖的身體極好，他至少可以活到**一百二十歲**。」

　　巴圖忍不住嘲笑道：「一百二十歲，太少了！應該是萬歲，萬萬歲，你有謀反的嫌疑！」

　　「靈魂」的臉色變得十分難看，冷冷地說：「既然你們不  合作，有必要讓你們先受些教訓。」

　　他講到這裏，人向後退到了門口，再對那四人下命令：「給這兩個人一點教訓，但不要弄死他們！」

第十四章

「靈魂」一講完那句話，就立時退了出去，門也自動關上。

而那四個人站成了一排，慢慢地向我和巴圖逼近，我不禁 **大吃一驚**，連忙拉着巴圖向後退，並對那四人說：「四位，想不到能在四位身上，看到早已失傳的鐵砂掌絕技！」

那四個人停了下來，面露得意之色，其中一個人說：「**你倒識貨。**」

他一開口，我就聽出他是山東半島，近膠州灣那一帶的人，我連忙問：「四位怎麼會**離鄉別井**，來到這個國家？」

那四人冷笑着，其中一人説：「因為這裏有讓我們發揮所長的機會。」

他們又殺氣騰騰地向我和巴圖逼近。

我着急道：「咱們**無冤無仇**，四位真要和我們過不去麼？」

那四個傢伙的回應是：「得人錢財，與人消災，兩位莫怪！」

這時巴圖已**按捺不住**，「衛，要是你再這樣苦苦哀求下去，那我寧願捱一頓揍。」

我苦笑道：「巴圖，當你捱了一頓之後，就會寧願苦苦哀求了！」

　　可是巴圖已不顧一切地推開了我，向四人招手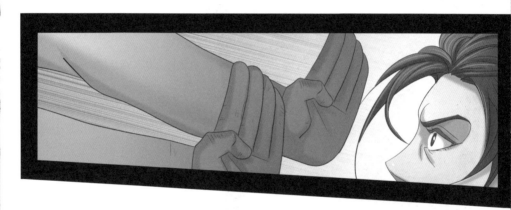，

「來吧！」

　　那四個人，其中兩個立即揚起了手，向巴圖疾衝過

去，翻掌就拍。

　　巴圖的動作相當靈活，身子一閃，避開了那兩人的掌

擊，然後用力橫撞過去，「砰」地一聲，將其中一人撞

　　　　　　　　　　　　　　　　開，恰好向我跌來。

巴圖既然已經動手，我也再無退縮之理，只好放手一搏，趁那個人向我跌來時，我略蹲下身子，以肩膀用力一頂，撞向那人。

那人向後跌之際，雙臂**不由自主**揚了起來，我看準這個機會，雙手用力砍向他的肩頭。那傢伙發出一下**怪叫聲**，和他肩骨脫臼的聲音。

他厲害的是鐵砂掌功夫，但肩頭脫臼，雙臂不能揮動，自然不必再怕他了，所以我連忙又轉過身來。

可是我才轉了一半，肩頭上便受了重擊！

那一擊的力道之大，實在難以形容，所給我的痛楚，也永遠不會忘記。

我喘着氣，身體不由自主地打着轉，眼前只看到一大群亂舞的金星。

緊接着，第二擊又來了。

第二擊來得更重，擊向我另一肩頭，像是有一塊一噸重的鐵，在我的肩頭上重重地撞了一下，我整個人都跳了起來，發出痛叫聲，向後倒，雙手撐在地上，想掙扎着爬起來。

可是我雙手在地上一撐後，整個人又迅即跌下，在一陣劇烈的痛楚中昏了過去。

不知過了多久，我在一陣 **冷笑聲** 中醒過來，同時感覺到有一桶水向我潑下。

我發出了呻吟聲，然後才睜開眼來，發現自己仍然在地上，那四個人在我面前，其中兩個正在替雙肩脫臼的那人按穴 **推拿**。而另一人則狠狠地盯着我。

巴圖呢？我很快看到了他，他還 **昏迷未醒**，身子斜靠在 **牆** 上，左邊臉腫得可怕，而左臂骨也顯然折斷了。

我嘆了一口氣，聽到門打開的聲音，「靈魂」又進來了，向巴圖望了一眼，「喔，你們下手太重了些。」

我的上半身仍極其疼痛，但總算能 **掙扎** 着站起來，喘着氣道：「巴圖受了重傷，必須得到醫治。」

「靈魂」說：「會的。來人，將他抬出去，安排醫生醫治，同時對他進行嚴密的 **監視**。」

他一叫，立時有幾個人走了進來，將仍然昏迷的巴圖抬了出去。

「靈魂」冷冷地望着我，「現在，你們多少得到些教訓了吧？」

我走前兩步，在一張沙發上坐了下來，「如果你以為這樣便可以令我屈服，或使我害怕，那你就錯了！」

「靈魂」冷笑了一下，「衛斯理，那你想不想見奧斯教授？」

那正是我來這裏的**主要目的**，我憤然道：「我當然想見教授！」

「我可以讓你見他，但你必須勸他！」「靈魂」開出了條件。

我**賭氣**說：「放心，我會極力勸奧斯教授拒絕你們的要求。」

「靈魂」按捺住憤怒，威脅道：「如果你們三個都不想活了，你大可以這樣做。**跟我來！**」

我跟着他走出了房間，外面停着兩輛樣子十分奇特的小車子，看來有點像**遊樂場**中的汽車，「靈魂」叫我坐在前面的一輛，他自己則上了後一輛，突然之間，車子向前滑了出去。

車子滑出的速度極快，我根本來不及看清兩旁的情形，車子已突然停住，停在一扇十分大的**鐵門** 前，門外站着一排衛兵。

我們一下車，兩個軍官就上來向「靈魂」敬禮，然後扳下**電閘** ，將門打開，「靈魂」對我説：「進去！」

我走進去，身後的門便關上，那是一間**囚室** ，而囚室中，奧斯正低頭坐在牀板上，雙手托着頭，我連忙叫他：「教授！」

他臉上露出**難以置信**的神情，「你也被他們抓來了？」

「是我主動來找你的。」

「唉，**我連累你** 😞 **也失去自由了**。」

我在他的身邊坐下來，安慰道：「別太悲觀。」

他聽了之後，神情似乎振作了一些，壓低了聲音說：「你可知道，我見到他了？」

我一呆，「誰？」

「他們的領袖！」奧斯的神色十分駭然，「他完了，他受了 **輻射** ☢ 的灼傷，非常嚴重，唉，我從來沒有看到一個人的身體爛成這樣子，幸而頭部還完好。」

「所以他們要你將領袖完好的頭，**移植** 到另一個身體上？」

「是的，他們要我這樣做，也唯有這樣，領袖才能繼續活下去。」

我和巴圖的 **猜測** 😠❓ 果然沒有錯，我立刻又問：「你答應了？」

　　奧斯不作聲。

　　我疑惑道：「照你的理論來說，你是 **醫生** ，不論對方是什麼人，你都有義務挽救他的生命，那你為什麼還沒答應？」

　　奧斯的身子忽然發起抖來，聲音也在**發顫**：「我……我看到了那個人。」

我呆了一呆，「你又看到了什麼人？」

「那個人，我不知道他叫什麼名字，但我看了他的健康檢查報告，他的身體非常 健康 ，幾乎一點毛病也沒有，就是他！」

我登時明白他的意思了，「你說……這個人的身體……將會和領袖的頭 連 結 起來？」

奧斯點了點頭，我感到不寒而慄，聲音發顫起來：「換句話說，他們要你……將這個人的頭，活生生 地切下來？」

「是的，如果我──」

我不等他講完，便叫了起來：「這是謀殺！」

奧斯望了我好一會，才說：「衛，我正在沉思這個問題。蓄意奪取一個人的性命，就是『謀殺』，對不對？」

「當然是！」

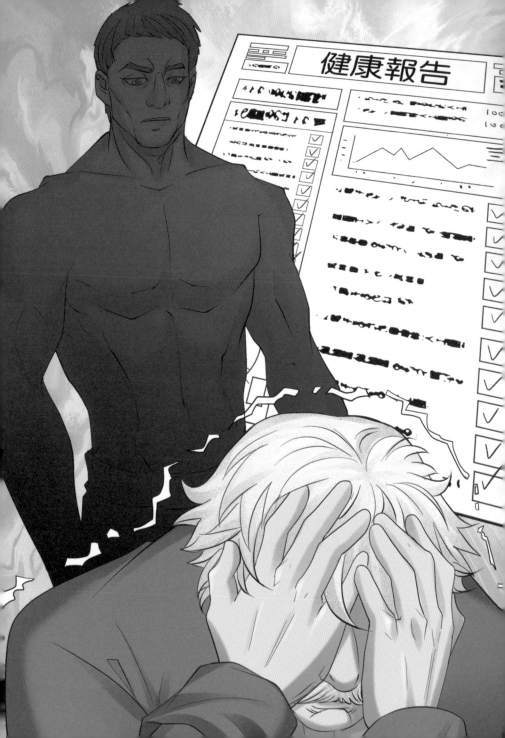

　　但奧斯接着說：「可是，如果將一個活人的頭切下來，卻可以不造成**死亡**，那還算不算是謀殺？」

第十五章

只能再活四十小時

奧斯一提到把活人的頭切下來而不致死，我馬上就想起了他**實驗室**裏的那個猴子頭！

他的意思是，他有能力令一個人頭，即使沒有軀體，一樣可以活下去。那麼，這就不算謀殺了。

「這的確不算是謀殺，但對那個失去身體的人來說，這比殺了他更 **殘忍**。」我說。

奧斯點着頭,「沒錯,我認同你的説法。所以我還未能答應他們。」

奧斯一臉憂愁,又繼續説:「可是,他們領袖的生命大約只剩下 **四十小時**🕐。『靈魂』説過,只要領袖一死,他就會用最殘酷的方法對付我。」

我苦笑了一下,「不但對付你,他也會用同樣的方法**對付**我。但我們還有希望的,你的失蹤已經引起國際關注,『靈魂』不敢將你怎樣。」

他搖頭道:「你太樂觀了,一份**聲明書**✉ 已經發出,説我自願留在A區。」

「這是他們慣用的伎倆,太可惡了!」我氣憤道。

「『靈魂』説,如果我的手術成功了,領袖完全康復過來,那麼我就可以獲得自由。」

「別信他！他所謂的『自由』，就是乾脆將你殺了！」

奧斯垂下頭來，默不作聲，就在這時，囚室門打開，那四個鐵砂掌好手又走了進來，最後進來的是「靈魂」。

「靈魂」充滿怒意地瞪着我，好一會才説：「你們或許不知道，我因為權力極大，軍隊方面不少將領都對我心懷怨恨，但是，只要領袖一日在世，他們都敢怒不敢言。」

我不知道他説這番話有什麼用意，他繼續道：「也就是説，領袖一死，整個特務系統一定會垮下來，而我也完了。」

「靈魂」又望了我片刻，接着説：「兩位，現在我對你們所説的，是真正的肺腑之言。我一直將領袖重傷的消息隱瞞着，已瞞了三個多月，現在快瞞不住了，甚至

已有 （謠言） 說他已經逝世。我必須挽救領袖的生命，如果不能，那麼我就只好趁還有權力的時候，迅速發動一場大規模的戰爭。」

「你瘋了！」我失聲道：「發動戰爭對你有什麼好處？」

「靈魂」解釋道：「我需要製造共同的敵人，而且還要將某些將領的兵力調到*前線*去，用戰爭牽制着他們，使他們無法威脅我。」

「這樣會令許多無辜的平民喪生！」我怒道。

「靈魂」**嘆了一口氣**，「我也不想，但我必須這樣做，我不能失去權力，權力不能落入政敵手中。教授，這全看你的選擇了！」

我不忿道：「你不該用**千千萬萬平民**的性命來要脅奧斯教授！那麼教授自身的性命和自由，又由誰來維護？」

「我說了，只要手術成功，你們都能獲得自由。」

我冷笑了一下，「別騙人了，我們知道了那麼多秘密，你會輕易放我們走？」

「**秘密**？」「靈魂」也冷笑了一下，「我根本不需要你們保守秘密。」

「什麼？」我和奧斯都很疑惑。

「靈魂」繼續說：「你們幾個人，就算回去召開**記者招待會**，公開你們所知道的一切，也沒有多少人會相信你們所講的話。就算相信了，對我們領袖又有什麼影響？」

我呆了一呆。的確，「靈魂」講得十分有道理，即使**全世界**的人都知道A區領袖的身體是換回來的，他自己只剩下一個頭而已，那又如何？對他的權位有什麼影響？

「靈魂」繼續說：「領袖生命有危險的時候，我固然要隱瞞實情，以防政敵趁機**叛變**奪權。但如果領袖手術成功，重新主持大局，我們還會介意秘密被公開嗎？說

不定公開了反而有 **好處**，使領袖的權位更加牢固，因為大家知道他換了一副更健康強壯的身軀，能多活許多年。」

我和奧斯 **默不作聲**，「靈魂」又説：「相反，如果領袖死了，不但你們一定要死，而我也被迫要發動一場大規模的戰爭。我再給你們一小時的時間去 **考慮**，實在不能再拖延了！」

他話一講完，便由那四位高手簇擁着走了出去，囚室的門亦「**砰**」地一聲又關上。

奧斯向我苦笑了一下，「衛，你認為『靈魂』的話可信嗎？」

「我才不相信他會把你放走，因為就算手術成功了，他也希望把你留下，繼續為他們做這種手術，以達到各種 **目的**！」我咬了咬牙，然後重重地嘆了一口氣，

「不過，他說他會發動一場大規模戰爭，那倒是真的，以他的性格，為了保住自己的 **權力** ，確實會這樣做！」

奧斯也重重地嘆了一口氣，來回地踱起步來，「如今已經不是 **擔心** 我自身自由的問題，而是關乎以百萬計無辜平民的性命。」

「你決定答應他？」我問。

奧斯沒有直接回答，仍在 **思索** 着說：「『靈魂』曾給我看過協助手術的人員名單，我有信心，這個手術的 **成功率** 相當高。不過，我可以不考慮自己的人身自由，但不能不顧那個提供軀體給領袖的人……」

就在奧斯提出自己的顧慮時，「靈魂」的聲音突然自屋角傳了出來：「你大可以放心，那個人是**自願**的，而且我們已經答應他，在你施行手術之後，一有適當的身體，便將他的頭移植過去。他更表示，自己的身體能和領袖**偉大的****頭部**連在一起，是莫大的光榮！」

囚室裏有偷聽和傳聲的裝置，這是我們早就料到的事，也並不感到驚訝。

奧斯索性**大聲**要求道：「如果手術成功，你得保證，立即放了衛斯理。」

「沒問題。」「靈魂」答應得相當快。

我以感激的眼神望了一眼奧斯，然後大聲補充：「還有巴圖！當然，奧斯教授也一樣，我們

三個必須一起離開！」

　　「靈魂」的聲音沒有立刻回答，但囚室的門卻忽然打開，「靈魂」走進來，我從沒見過他這樣和顏悅色，他說：「當然沒問題，只要手術成功，領袖康復過來，你們全都可以獲得自由。教授，我們一切都準備好了，你估計手術要進行多久？」

「至少要三十小時。」奧斯說。

「那麼,多久才可以復原?」

「如無意外,四十天左右,就和常人無異。」

「靈魂」深深吸了一口氣,「,你必須成功!」

第十六章

「靈魂」的危急處境

　　奧斯答應替Ａ區領袖做換頭手術後，「靈魂」匆匆帶着我們離開，前往動手術的地方。

　　經過一條迂迴曲折，又長得使人有點不耐煩的通道後，我們終於可以望到「王宮」的大門。

　　而這時大門口正有不尋常的爭執在發生。

　　四輛滿載軍人的卡車，停在「王宮」的門口，車上的軍人穿着另一種制服。而在那四輛卡車周圍，則是許多穿着禁衛軍制服的軍人。

　　禁衛軍顯然在包圍着那四輛卡車，但雙方都沒有進一步行動，保持沉默，只有一把沙啞的聲音在大聲叫嚷着。

　　發出那嘶啞叫聲的人，穿着金碧輝煌的將軍制服。

　　那種緊張的氣氛，連距離大門還有數十碼的我們也可以感覺到。

　　「靈魂」才一出現，便有幾個高級禁衛軍軍官向他奔

了過來，一位上校**舉手敬禮**：「報告首長，空軍司令要謁見領袖。」

「靈魂」的面色十分難看，但仍然保持**鎮定**，「召集1001部隊。」

那上校沉聲道：「已經召集了。」

「好，做得好。」「靈魂」一面說，一面步出，我和奧斯跟在他的後面。

當我們距離大門口還有二十碼左右時，正在對兩名禁衛軍軍官大聲嚷叫的**空軍司令**便住了聲，而氣氛也變得更緊張。

每一個人都屏住了氣息，那空軍司令是一位上將，身形高大，但是他對矮小的「靈魂」，卻十分**忌憚**。

就在這時，一陣汽車聲傳來，有六七輛汽車在『王宮』門前停下，先從**車**中走出來的，是十來個衛

兵，然後便是另外兩個穿着將軍制服的人，和幾個神情嚴肅的官員。

「靈魂」向前走去，大聲道：「陸軍司令，你可有奉領袖的傳召？」

其中一位才從汽車下來的將軍，在衛兵的**簇擁**下，加快腳步來到「王宮」門前，和「靈魂」握了握手，説：「沒有，但是**1001部隊**出動了，我身為司令官，當然要趕來現場。」

「靈魂」點頭道：「很好！」

他立即又轉向另一位**將軍**和那幾個官員，臉上故意裝出一副訝異的神色來，「什麼事？領袖發出召開國務會議的**命令**？」

那幾個人的神色相當尷尬，還未回答，空軍司令已大聲嚷道：「我們要見領袖！」

「靈魂」直到此時，才望向空軍司令，而空軍司令分明是這次事件的要角。

「靈魂」冷笑着問：「各位，政體改變了嗎？」

陸軍司令大聲道：「沒有！」

他顯然站在「靈魂」這一邊，而且他的話也十分有力，有兩個官員也齊聲道：「沒⋯⋯沒沒有。」

「靈魂」冷冷地說：「那麼，未奉領袖的召喚，空軍司令，你有什麼權要見領袖？」

空軍司令面色一變，「靈魂」根本不給他講話的機會，立時又疾聲道：「而且，你還帶了四車軍隊來，目的是什麼？想發動軍事政變？」

空軍司令的額上冒出了汗來，他大聲道：「車中全是優秀軍官和戰士，等領袖親自頒發獎章。」

「你有接到命令？」

「沒有，可是──」空軍司令變得更大聲：「我們是領袖的部屬，我們 **擁戴** 他，我們要見他。」

在接着趕到的人當中，一定有空軍司令事先約定前來的，但這時，卻沒有人敢出聲。

「靈魂」冷笑着，「**空軍授勳**，延後一些日子，有什麼問題？」

空軍司令四面望着，「我要見領袖，我一定要見他，你不能處置我。」

「沒有人要處置你。」「靈魂」的聲音放得十分柔和，「可是，你應該 **休息** 一下，緊張的國防工作使你失常了。」

在空軍司令身後的四名空軍軍官，立時拔出了槍來，可是，他們的槍才一拔出，「**砰砰砰砰**」四下槍聲響起，該四名空軍軍官同時倒在血泊之中。

「靈魂」來到了空軍司令面前，伸手將空軍司令的**佩槍**摘了下來，「司令，你該休息了，請跟這位上校去吧。」

空軍司令臉色灰白，一名上校立時走了過來，與四名禁衛軍一起擁着空軍司令走進「**王宮**」。

當空軍司令在我的身邊經過時，我知道從此以後也再見不到他了。

而「靈魂」則**若無其事**地説：「各位請回去，領袖在短期內不想見任何人，他正處理一件極偉大的工作！」

他講完之後，也不理會這些大官和將軍，便邀我們上車，那是一輛極豪華的車子，轉眼間，便已在大街上**風馳電掣**，「靈魂」到這時才説：「你們看到了？」

我點頭道：「我看到了，但是不到十分鐘，你就平定了一場叛變。」

「靈魂」嘆了一口氣，「你把事情看得太容易了，你不能體會，剛才我的生和死，只是一*線之隔*。」

「靈魂」疲憊地閉上了眼睛，我和奧斯也沒有再說什麼，直至車子來到了一個檢查站前，好幾個高級軍官一起

奔過來，向「靈魂」行禮，一個軍官報告道：「首長，一切都照你的命令，沒有人曾接近過這裏。」

「靈魂」冷冷地吩咐：「通過國家安全局，宣布這裏為了特殊的國防原因，將連續幾個月成為禁區，任何人不得接近。空軍副司令的電話接通了麼？」

另一個軍官忙道：「他等你許久了。」

那軍官一招手，另一名低級軍官連忙遞上電話，「靈魂」抓起電話便說：「倫將軍，恭喜你，你升職為空軍司令了。」

電話的那邊，傳來了一連串感激的聲音。

「靈魂」繼續道：「命令由領袖親自簽署，過兩天便可以向全世界公布，祝你好運！」

「靈魂」把電話交回去，揮了揮手，車子又繼續向前駛。

看到這情形，我忽然明白「**挾天子 以令諸侯**」是怎麼的一回事了，難怪「靈魂」那麼害怕領袖死去，因為領袖一死，他什麼也不是。

在我這樣想着的時候，一幢極宏偉的純白色建築物出現在眼前，它建築在一個三面環山的 **小山谷** 之內。我可以清楚看到，在山城上有着高射炮基地。

那建築物的前方，有一整列的 **士兵** 把守着，全在作戰狀態中。

車子漸漸駛近時，奧斯低聲道：「他就在這裏，上次我就在這裏見過他。」

我自然知道奧斯口中的「他」是指 **A區領袖**。

當車子來到建築物前六十碼的一個檢查哨站時，檢查站上的幾名軍官和士兵一起舉槍為禮，一名少校揮手，示意 **車子** 通過。

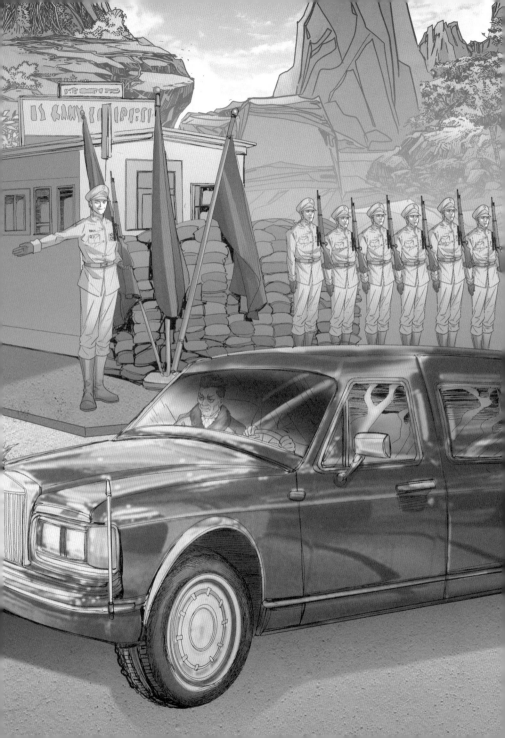

可是「靈魂」立時大喊：「停車！」

車子一停，幾名軍官一起緊張地迎了上來。

「靈魂」嚴厲地問：「這個**檢查站**，是誰負責的？」

「報告首長，是我！」那少校立正，敬禮。

「靈魂」立即說：「你被捕了，罪名是**失職**！」

那少校登時呆住，面如死灰，「靈魂」六名衛士中的兩個，立時下車，抓住了那少校的雙臂。

其餘的軍官都吃了一驚，面無人色。

「靈魂」厲聲道：「任何人要通過這個哨站，都必須檢查**特別通行證**，為什麼你不執行我的命令？」

那少校委屈道：「可是……通過哨站的是首長你啊！」

　　「你這個粗心大意的蠢材！剛才車速是每小時三十公里，現代的**易容術**和化裝術，要冒充我太容易了，你就能不憑特種證件，肯定是我嗎？」

　　那少校的身子發起抖來，在「靈魂」如此嚴厲的斥責下，無話可説。

　　而他身上的佩槍，也早已被「靈魂」的衛士取下，一小隊禁衛隊員奔跑而至，將他帶走。

第十七章

秘密醫院

那個少校被帶走後，「靈魂」向其餘幾名軍官望了一眼，喝道：「**複述命令**！」

他們立時像機械人一樣立正，齊聲道：「任何人想通過哨站，都必須呈驗特種證件！」

一個上尉，大概是想**出人頭地**，在講完之後，踏前一步，嚴肅地說：「首長，請你將證件交給我，用**特種紫外光**來檢驗。」他一面說，一面伸出手來。

可是「靈魂」伸出手去，「啪」地一聲打了對方一個耳光，罵道：「你是另一隻蠢豬！現在還不知道我是誰？」

那上尉僵立着，一動也不敢動。

我真替這個**年輕人**難過，我們的車子馬上繼續前行，駛到那建築物前，停了下來。

我們一起下車，由「靈魂」帶着走進去。才一踏入大門，我就聞到了一股**醫院**特有的氣味。

這當然是一座醫院。但我暫時看不到任何醫護人員，只見到處都是禁衛軍。我們來到升降機前，「靈魂」才對奧斯說：「有關人員全在**會議室**中等候，希望手術可以立即進行。」

「在會議室裏的專家，和你曾給我看的名單一樣？」奧斯問。

「是的，都是一流的**外科醫生**。」

我立時說：「我也參加會議！」

「靈魂」迅即拒絕：「我看不必了，你不是這方面的**專家**，有你在場的話，只怕會影響其他人。」

我想爭辯，卻沒料到連奧斯也不幫我，他附和「靈魂」道：「對。」

「靈魂」對我發出了一個**不懷好意**的陰森笑容，向他身後的兩個衛士揮了揮手。

那兩人立時明白「靈魂」的意思，踏前兩步，一左一右將我挾住。

我想張口大叫，「靈魂」卻先我一步**開口**：「教授，你即將參加會議，而且馬上要施行手術，我和衛

斯理都不來打擾了，請你**向前走**🚶，你看到前面那位老者麼？他便是我們醫院的院長。」

這時候，那位院長已迎了過來，奧斯不知是不是曾和他見過面，但至少能看出，他們兩人互相**慕名已久**，十分融洽地一起走進了會議室。

看到會議室的門關上，「靈魂」長長地吁了一口氣，轉過頭來，我第一次看到他臉上帶着幾分輕鬆的神情，向我一笑，「終於把事情搞定了。」

我受不了他那副**得意相**～，故意調侃他：「如果手術失敗了呢？」

「只要你不搞破壞，我看不到手術會有任何 **失敗** 的道理，我對奧斯教授很有信心。手術過後，一切又回復原狀，我的權勢將能永遠維持下去。」

我忍不住恥笑他：「那算什麼權勢？你只是一個可憐的 **小丑**，就像永遠離不開主人──的 **影子** 而已！」

只見「靈魂」臉上得意的神情迅即消失，惡狠狠地望着我，「你該知道，你現在已經失去了利用價值，如果夠聰明的話，就不會 **胡言亂語**。」

我心中暗呼不妙，因為我的話刺中了「靈魂」的死穴，而他說得沒錯，奧斯已經在會議室裏開會，很快便會進行手術，一切可謂**塵埃落定**，我已經失去利用價值，「靈魂」根本不用再對我忍讓。

我看到「靈魂」向挾住我的那兩個衛士打了一個眼色，我知道不會有什麼好事發生，於是**趁其不備**，突然發難**掙脫**了那兩人，並迅速撲向「靈魂」，使出擒拿手制住了他，還將他腰際的佩槍奪了過來。

那兩個衛士想向我撲來，而且另外已有六個人繞到了我的身後，將我圍住，我立時用槍對準了「靈魂」的**腦袋**，說：「你想想，如果我開槍，會有什麼結果？」

「靈魂」厲聲道：「你將成為**蜂巢**！」

　　我笑了起來，「但你的腦袋也報廢了，到時做什麼手術也沒有用，你總不能換上別人的腦袋，因為那就變成了 **別人** ，不是你了。」

　　「靈魂」氣得出不了聲，我喝道：「快叫你的衛士退後！」

　　「靈魂」喘了一口氣，**揮手** 道：「退後，你們退後去。」

　　那六個衛士簡直不是人，而是 **聽從命令** 的機器，「靈魂」一揮手，他們便一齊退了開去。我一看到

身後已沒有人，便拉着「靈魂」疾退出去，到了走廊的一端，轉進了另一條**走廊**之中。

我一轉了過去，那六名衛士看不到我，但我看見這走廊遠處又有十幾名士兵在**巡邏**着，幸而他們剛好背對着我，不知道我正挾持着「靈魂」。

我連忙拉着「靈魂」向前走出幾步，旋開了一扇門，閃身躲進去，那是一間**雜物室**■。

我深深地吸了幾口氣，使自己鎮定下來，「靈魂」沉聲道：「你沒有機會逃走。放了我，我還可以當什麼事也沒有發生過，**保證**你的安全。」

我才不會相信他，正如他所説，我已經失去了利用價值，他會放過我才怪！

這時候，我留意到他露出一絲狡猾的神情，他突然張開口大喊：「**救**──」

幸好我早就察覺，在他只喊了第一個字的時候，已用槍柄重重地將他擊昏了過去。

但這下糟了，我已沒辦法挾持着他，而且剛才的叫聲不知道有沒有驚動到外面的人。

我於是匆匆從他的衣袋中搜出了一本藍色的小本子，相信就是通過關卡時，要用 **紫外線** 檢查的那個特種證件，我連忙收了起來。

然後，我踏在雜物上，攀上了**天花板**的一扇氣窗，進入風槽中。這風槽能通向另一邊走廊，那條走廊十分短，盡頭處是一扇門，而在那走廊路口，豎着一塊**警告牌**，上面寫着：「任何人未經特別許可，不准接近」。

在那塊警告牌之前，有兩名手持卡賓槍的兵士守衛着，他們離我最多不過四碼，而且是 背對 着我而立的。

我觀察了約兩分鐘，便開始行動，慢慢地從氣窗中 擠 出去。

我必須十分小心，一點聲音也不能發出來，身體幾乎一寸一寸地從那氣窗之中 擠 出去，等到整個身體都擠下來後，我的左手拉住了氣窗，然後手一鬆，落在地上，雙膝巧妙地 屈了一屈 ，完全沒有發出任何聲響。

那兩名士兵仍然背對着我，站着不動。

我小心翼翼，一步一步地向後退去，退到了盡頭的那扇門前，反手握住了門球，輕輕地旋轉着。

那門居然沒有鎖，我輕輕地旋開了門，閃身進去，又將門關上，總算逃過了那兩個衛兵，大大地鬆了一口氣。

我正準備策劃下一步的逃亡計劃時，背後忽然響起了講話聲，那是一把比我還慌亂緊張的聲音，他在問：「什麼時候開始？我還要等多久？」

第十八章

瘋狂的逃走計劃

我定下神來，只聽到那人不住地問：「我要等到什麼時候？」

我緩緩地轉過頭去，這是一間陳設十分簡單的房間，幾乎沒有 **窗子** ，光線幽暗，只有一些極細小的通風口。

那個和我講話的人，坐在一張單人牀上。雖然坐着，但可以看出他是一個身形高大的男子。

他穿着一件 **病人服** 👕，而最令我驚訝的，是他的頭剃得精光，連眉毛也全剃光！

一個頭髮和眉毛全剃得精光的人，看起來自然十分 **滑稽**，我望着他，他也似乎覺得有點不對頭。

我拚命在想，這個人是誰？他是什麼身分？

按理説，這個房間守衛如此 **森嚴**，他應該是十分重要的人物。可是，從這房間的陳設，以及他所受的待遇來看，他顯然沒有什麼 **地位**。

我正想開口問他時，他已快一步説：「你是誰？你不是醫生？」

我搖了搖頭，「我不是醫生。」

那人嘆了一口氣，「原來仍未開始，我還要再等下去？」

他一臉 **無可奈何** 地苦笑，我忍不住問：「你是在等——」

我只問了四個字，便突然停了下來。因為我發現他 **心神恍惚**，根本沒有集中精神聽我的話。

接着，他伸手在摸自己的脖子，不斷地摸着，而我也登時 **如夢初醒**，明白他是什麼人了，他就是「那個人」——那個頭部將被切下來，身體供給領袖移植的人！

一想到這一點，我不禁打了一個 **寒顫**，向前走了兩步，一隻手搭在他的肩頭上，慰問道：「你等得有點不耐煩，心急了，是不是？」

他卻連忙否認：「不，不。」

我苦笑了一下，指着他的 **頭**，又指着他的身子，「你是自願的麼？」

「當然。是我……自願的。」

我嘆了一聲，「那麼，你知道自己將只剩下什麼？」

那人的面色，在陰暗的光線下，變得可怕地蒼白，他說：「我知道……我知道……但是領袖説，我還會活着，是麼？我還會活着！」

我在刹那間實在不知道該講些什麼，呆了許久才説：「是的，你將活着，這一點我倒可以保證。」

　　我能這麼説，因為我見過那個獨立活着的猴子頭。

　　那人鬆了一口氣，可是我又忍不住説：「不過，只剩下頭，活着又有什麼用呢？」

　　他喘起氣來，「那總比死好，我實在不想死，我真的不想死！」

　　我慨嘆道：「你如果害怕，為什麼還答應這件事？你大可以拒絕啊。」

　　他吃驚地望着我，疑惑地問：「你是什麼人？」

　　我坦白告訴他：「我是一個外來者。」

　　他的身子在發抖，但盡量使自己鎮定下來，「你是怎樣進來找到我的？據我所知，我受着極嚴密的保護。」

我搖頭道：「這講起來太長了，你還未回答我剛才的問題。」

他突然笑了起來，「你的問題太天真了，身體強壯，條件合適的人，並非只有我一個。如果我不『自願』的話，我就會立時被槍決，一直到有人『自願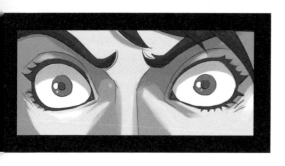』為止。」

我聽完他的話，目瞪口呆了許久，才問：「那麼你準備接受這種悲慘的命運？」

「還有什麼別的辦法？」他突然激動起來，向我哀求道：「求你幫幫我，這命運我是逃不掉的了，我只希望

盡快完成，請你叫他們立即來把我完全麻醉，或者你直接把我打昏也可以，求求你！這種默默等待頭顱被割下來的 **煎熬**，實在太難受了，求求你幫我！」

「你冷靜一點，小聲一點，我們想想辦法！」我極力想使他冷靜下來。

但他的情緒開始有點 **失控**，不住拉扯着我的手，「求求你，幫我打麻醉針，或者直接將我打昏，求求你……」

他不斷苦苦哀求，而且說話愈來愈大聲，我在情急之下，真的 **順從** 了他的意思，巧妙地劈了一下他的脖子，將他弄昏了。

他昏倒在牀上，房間突然靜了下來。這時我望着他，心中突然起了一個怪異的 **念頭**，這個人雖然被嚴密地看守着，但頭髮和眉毛全剃光後，每個人的 **容貌** 看來都十分接近，誰會清楚認得他的容貌？

而且，這個人和我本來就有三分相似，身形接近，如果我也將頭髮和眉毛全剃去，那麼，我就可以 **冒充** 他！

冒充他，或許是我成功逃走的唯一一絲希望，等醫護人員將我推出去時，我就可以找機會逃走，而且，大家以為我是「**那個人**」，自然沒有人敢用武器傷害我這副A區領袖所需要的軀體，那麼，我就等於有了無敵的身軀，這對我逃走非常有利！

我連忙在房間裏走了一圈，看看有什麼 **工具** 可以使用，發現房間裏有一個浴室。

我走進浴室，用剃刀將自己的頭髮和眉毛全剃個精光，當我照着 **鏡子** 時，我自己也不禁笑了起來，因為我看來和那人太相似了。

然後，我 **迅速** 將那人身上的病人服，換到我身上來，再將他整個人藏進牀底下去。

一切準備就緒，我便坐在牀沿上，盡力 **模仿** 着那人的姿勢。沒多久，我聽到腳步聲傳來，我十分緊張，但這並不礙事，反而扮得更 **逼真** 了，因為那人的心情是應該緊張的。

對方沒有敲門，直接就開門進來。

我立即連聲音和語氣都模仿着説：「我還要等多久？」

進來的四名 **醫生** ，走在第二位的，正是奧斯，但他居然沒有認出我，還來到我的面前，替我作了簡單的檢查。

他 **檢查** 了十分鐘左右，點頭道：「這是一個完美的身體，應該可以做得成。」

和他同行的三位醫生説：「那麼，可以開始了。」

奧斯教授回應道：「是的，通知 **冷藏系統** 準備，我們先要將他冷凍，才可以取得他完美的身體，領袖的身子

同樣要冷藏，一切要在低溫下進行。各位，我需要你們通力合作！」

一聽他這樣講，我給 嚇了一跳，看來我非立刻採取行動不可了，因為我被送進冷藏系統之後，就再無能力 反抗，到時我的頭真的會被切下來，然後身體則與那個大獨裁者的頭連在一起！

我心中正慌亂地想着該怎麼行動之際，竟然沒注意到其中一個醫生在為我 打針。他的動作極快，當我察覺到的時候，他已經把針拔了出來。

那醫生説：「剛才你很 緊張，現在好了，沒事的，在之後的幾小時，你什麼感覺也不會有，不過頭腦仍會保持一定程度的 清醒，因為手術需要在你腦子活動不停止的情況下進行。」

我想張口大叫，告訴他們，我不是經他們選定的那個

換頭人，但是藥力已經發作，我身體的 知覺 消失了，沒有講話能力。但是如他所說，我的腦子仍清醒，清楚知道 即將發生的事情：我會被送入冷藏庫，然後切下頭來！

我額上的汗 不由自主 地涔涔而出，一名醫生替我

抹着汗，另一名醫生叫道：「奧斯教授，你看！」

奧斯轉過來，皺着眉頭望定了我，又在我的肩頭上拍了拍：「你放心，你的頭會一直活着，直到你找到一個 新的身體，你絕不會死，也不會有什麼痛苦。」

我心中在苦笑，本來以為扮成了那個換頭人，可以使我有機會混出去，怎料如今卻**弄假成真**，他們要拿我的身體去移植，我怎麼辦？我該怎麼辦？

第十九章

一個人就算身手再好，智慧再高，在這樣的情況下也是一籌莫展，因為根本連動也不能動！

我寧願全無知覺，那麼，當我恢復知覺時，即使發現自己的身體已經不見了，也只好接受既成的事實。

但如今，我卻清醒地一步一步接近那可怕的事實。

　　活動擔架牀推了過來，我被抬起，放在擔架牀上，由兩個人推着出去。我躺在擔架牀上，拚命地想掙扎，這是我的 **生死關頭**，只要一進入冷藏系統，那就完了！

　　可是不論我想發動多大的力量，身體卻沒有一寸部位可以略動一動，即使是 **手指頭** 也不能動一下！

　　我唯一可做的，便是睜大眼睛，看着自己經過一條長長的走廊，來到了一扇漆有紅色字的門前，略停了一停。

　　那紅漆寫成的字，我看在眼裏，更是 **觸目驚心**，那是「**冷藏庫**」的意思！

　　那扇門一打開，雖然我感受不到，但能看到一股寒氣撲面而來，使我心驚膽顫。

　　一個醫生來到了我的身邊，用 **毛巾** 抹着我頭上的汗，説：「別怕，我們已替你注射麻醉劑，你不會感到寒冷或痛苦的。」

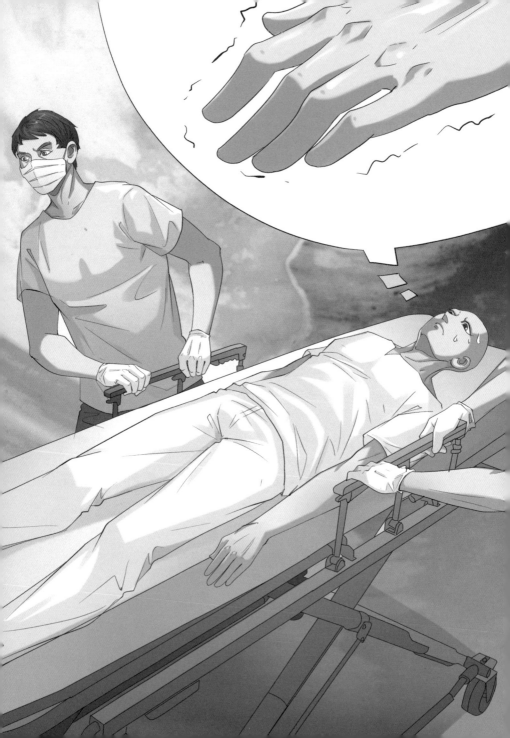

我拚命轉動着眼珠，希望那醫生明白我在竭力表達些什麼。我的 **眼珠** ● 已是我全身唯一能動的部位了。

但那醫生一點也沒察覺，替我抹了汗，便走了開去。

奧斯問他：「情況可好？」

「他不住地出汗。」那醫生説。

奧斯嘆了一聲，「他的心情太緊張了，實在難免。」

而在奧斯的身後，突然響起一把  ，緊張地問：「教授，他神情緊張，會不會影響手術進行？」

那是「靈魂」的聲音！

原來「靈魂」已被他們找到了，奧斯回答他：「會有影響，但問題不大。」

「靈魂」又説：「教授，這次手術 **只許成功** ，不許失敗，你為什麼不將他完全麻醉，連意識也不要有？」

「那樣的話，他的存活概率會降低。」

「靈魂」有點怒意，「他的 存活率 不重要，重要的是我們領袖的存活率，這對我們領袖會有影響嗎？」

奧斯的臉立即漲得通紅，不想回答他，只說：「你們全出去，我必須和他 單獨 相對片刻，否則我做不了這個手術。」

一聽奧斯這麼說，我頓時重燃了 希望 ，心裏不禁在想：奧斯一定是發現了我的身分，所以要求和我獨處，希望想辦法救我！

為了領袖的性命，「靈魂」不敢不從，只說：「教授，請你好好把握 時間 。」

「靈魂」說完便與其他的醫生護士全走了出去，奧斯將擔架牀推到了一張 椅子 前，他自己在椅子上坐了下來。

然後我聽到他說：「你別緊張，緊張對你一點好處也沒有，你所受的痛苦，不會比進行一次普通的手術更甚。」

我登時**萬念俱灰**，原來他沒認出是我，還不住地安慰我！

我拚命地轉動着眼珠，引起奧斯的注意。

奧斯嘆了一聲，「你有什麼話要說？事情已到了這地步，絕不容許你**反悔**的了，但你可以活下去的，我向你保證。」

我仍然轉動着眼珠，奧斯卻伸出**手**，溫柔地將我的眼皮合上。

天啊！這真是要了我的命，眼皮一合上，我便無力再睜開來，連唯一可以動的眼珠也被**掩蓋**住了！

奧斯啊奧斯，你難道真的一點也認不出我來麼？我是

你的好朋友 **衛斯理** ！

我實在沒有辦法可想了，在我的一生中，從未有過如此 **可怕的經歷**，試想想，神智清醒地等着人家將你的頭切下來，而且還不會立時死亡，將繼續地活下去，那是多麼恐怖的事！

奧斯接着又説了一堆話，但我的 **心情** 已經無法平靜下來聽清楚他在説什麼，大概又是一堆安慰的話。最後只聽到他突然大聲叫：「可以進來了。」

這句話等於在 **宣判** 我已經完了，不再有任何逃脱的機會，我的頭鐵定要和身子分離了！

我聽到 **腳步聲**、開門聲，以及擔架牀被推動時的聲音，我又被推向前去，奧斯和幾個醫生在討論我的情形。

　　他們的交談就像數十隻 **蜜蜂** 在我耳際嗡嗡地繞着飛，我只隱約聽到奧斯説我的精神太不穩定，似乎也同意將我麻醉至 **昏迷 Z ᶻᶻ** 狀態。

　　我估計他們又給我注射了麻醉劑，那種「嗡嗡」聲漸漸消失，我連聲音都聽不見了，接着，我的神智也愈來愈 **迷糊** ，終於昏了過去。

我不知道自己是經過了多少時候才醒過來的。

當我的腦子又能開始活動，而且知道有我這個人存在時，我盡量想：**我是誰？** **我在什麼地方？**

我很快就記起了所有事，自然馬上又想：我現在怎樣了？我的**身子**……我的身子……我感覺不到身子的存在，是麻醉藥的作用，還是我的**頭**已經被奧斯切下來了？我這個頭……被安置在什麼地方？

我不禁想起了那隻在奧斯實驗室中看到的猴子頭來。我的身體一定已經不見了，取而代之的，是許多根粗細不一的**管子**，為我的頭供給血液、養分等等。

這種驚恐的感覺實在難以形容，我用盡所有力氣，也感受不到身體的存在。

我拚命想揮手、頓足，一切都是**徒勞**。

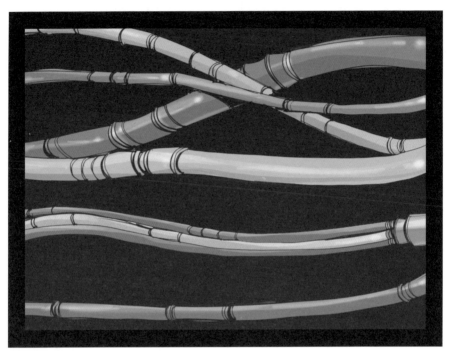

　　我一定已失去我的身體了，我的身體已和那個大獨裁者的頭部連在一起，而我如今已不算是一個人，**只是一顆頭**。

　　不過，就算只剩下一個頭顱，我至少也應該能睜開眼睛吧？我於是用盡所有力氣去睜開眼睛來，這本來是一個

連嬰兒 也能輕易做到的動作，但這時對我來說，卻像舉着千斤閘！

　　但我不放棄，繼續用力，終於有了 **成果**，我的眼皮慢慢地打開來。

　　我可以看到東西了！我看到了天花板，那表示，我正在臉向上躺着，而我 **第一時間** 要去看的，自然是我的身體。

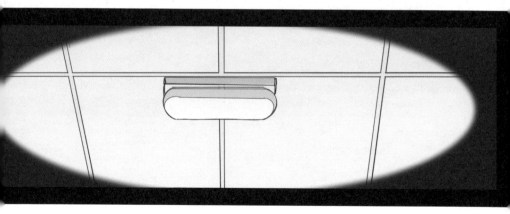

　　我盡量將我的眼珠壓向下，可是，我看不到我的身子！

我只看到一個**鋼櫃**，我的頭在鋼櫃外，情形就和那個猴子頭一模一樣！

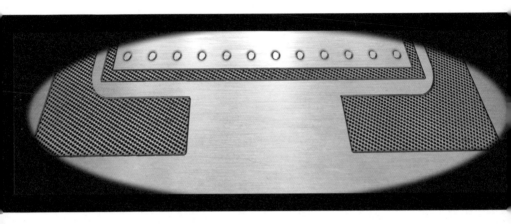

第二十章

　　我喉頭裏發出陣陣的怪聲，那是喉部痙攣所產生的。不僅如此，我的鼻孔也呼哧呼哧地噴着氣。

　　可是我慢慢地察覺到，發出同樣怪聲的，竟不止我一個。就在我身旁不遠處，有另一個人，也在發出同樣的聲音。

　　我呆了一呆，勉力轉過眼，向我的左側看去，發現在我左側約三呎處，有着另一個人。

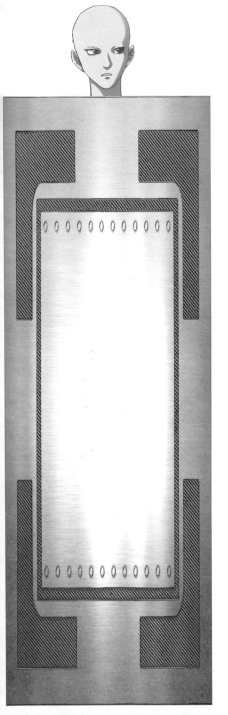

　　嚴格來説，我看到的，不是一個人，而是一個人的頭。他的 **處境** 和我相同，也是仰天躺着，眼珠卻向着我這一邊。他頸部以下是一個長方形的鐵櫃，看不見他的身子。

　　他的頭髮和 **眉毛** 同樣被剃得一根不剩，看來十分滑稽，但我當然不會去嘲笑他的怪相，因為我自己也是那個樣子。

　　我一看到了他，第一個 **念頭** 便是：他是被我塞進牀底下的那個人嗎？但我多看了幾眼之後，便知道他並不是那個換

頭人，因為這個人的臉是方形的，額角相當寬，和我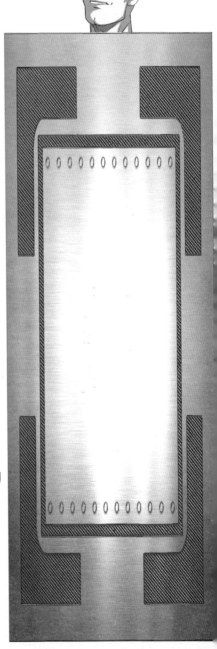的那個人完全不同。

他到底是誰？既然不是那個奉獻軀體的人，那麼，答案已呼之欲出了，他正是A區領袖！

這時，領袖居然能說話：「手術什麼時候開始，我……還要等多久……他怎麼醒來了？」

我聽了他的話，十分驚訝，立時衝破了喉頭的障礙，也能說話了，我問：「領袖……手術還未開始？我的頭……仍和身體連着？」

「暫時是。」

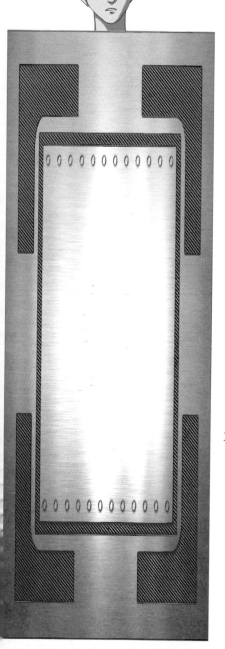

那真是謝天謝地，原來還未開始，我之所以感覺不到身體的存在，只是因為我的身體被麻醉和冷藏着。同樣的，領袖的身子雖然已潰爛不堪，但也在鐵櫃裏冷藏着，等待醫生來做移植手術。

他看到我這副欣喜的神情，問：「你怕麼？」

「怕！當然怕！」我毫不掩飾地説，然後反問：「難道你不怕？」

領袖沒有回答，只是喘着氣。

我又説：「我知道你很怕，任

何手術都不可能有百分百的 **把握** ，你怕手術失敗，你怕失去所擁有的一切。」

他沒有回應，只是瞪着眼。我喘了口氣，繼續不留情面地說：「而且，你 **作惡** 太多了，任何人你都不會完全信任，哪怕是『靈魂』！」

領袖很憤怒，但聲音微弱：「你是誰？你不是被選定的人！」

「對，他們弄錯了。」

領袖叫了起來，可是聲音很弱，外面的人無法聽到，他只好 **放棄** ，然後對我說：「你⋯⋯為什麼還不大聲通知他們？」

「我當然會通知他們，但 **難得** 見到這位偉大領袖如此緊張的樣子，我想多看一會。」我說話開始 **順暢** 了。

「我哪有緊張！」

「你自己 **心知肚明**，你一生做過多少害人的事？憑什麼認為上天會讓你手術成功，再活下去？而不是給你應得的 **報應**？」

他氣得説不出話。

我補充道：「除非——上天想給你一個 **反省** 改過的機會。」

也許我給他的 **刺激** 太大了，他的聲音也終於衝破了障礙，聲量大了不少，喊道：「來人啊！來人啊！」

開門聲、雜沓的腳步聲隨即傳了過來。

我首先看到奧斯高大的身形，我 **苦笑** 着叫了一句：「教授。」

他一聽到我的聲音，驚叫起來：「天！怎麼一回事，怎麼一回事！」

我吁了一口氣，他終於認出我來了。

可是「靈魂」接着也  了進來，驚問：「發生什麼事？」

奧斯十分 ，以為這一切是「靈魂」安排的，奧斯指着我，怒問「靈魂」：「什麼事？你看看這是誰，這是衛斯理！」

「靈魂」俯首向我望來，他惱怒之極，揚手就向我打來。然而他還未打中我，就被領袖叫住了：「住手！**別打他**，好好地對待他。」

「靈魂」的手僵在半空，他奇怪地轉過頭去，望着領袖，但不敢有任何**異議**。

只見領袖嘆了一口氣，喃喃道：「就當做一件好事吧。」

旁人聽起來感到**莫名其妙**，但我自然明白，他是因為聽了我剛才所說「上天給你反省的機會」那番話，得到了啟發。

這時奧斯已指揮着幾個人，將我這個鐵櫃的溫度調升，我漸漸感覺到**和暖**起來，亦終於感受到自己身體的存在。

最後我被推了出去，送到一間十分舒服的病房之中，奧斯望着我，「你可以睡Zᶻᶻ得着麼？」

我搖了搖頭，奧斯又説：「那麼，我給你注射鎮靜劑。」

我向奧斯點了點頭，接受注射後約五分鐘，便沉沉地睡去。

當我醒來時，陽○光十分刺目。

我睜開眼來，立時又閉上，重複了好幾次，才適應了窗外射進來的陽光。

但我很喜歡這陽光，當我能夠完全睜開眼來時，我看到巴圖就坐在旁邊的椅子上，他握着我的手，一開口就説：「衛斯理，你準備做和尚麼？就算做 和尚，也不必去剃眉毛啊！」

在經歷了如此可怕的事情後，又見到了好友，那種激動、歡愉的心情，實在 😝 **難以形容**。

巴圖一面用力地搖着我的手，一面説：「別緊張，你沒有事了。」

我好不容易才能發出 **聲音** 📢：「巴圖，我們怎會在一起的？」

他説：「我也不知道，你被幾個人推進來，那時你正睡着，我也認不出你是什麼人，後來出於好奇，反覆細看你這副 **怪模樣**，才認出是你。」

我深深地吸了幾口氣，反問他：「你受傷之後，怎麼樣？」

「我很好，**養傷** Zᶻᶻ 期間什麼都有，就是沒有自由而已。」

「這裏是什麼地方？我們想辦法逃出去！」

巴圖搖了搖頭，「如果可以，我早就逃掉了。」

我勉力站起身，他扶着我來到窗前，向下看去，原來我們仍在那所醫院中，看來是被關在頂樓。

我嘆了一聲，又回到牀上，坐了下來。

巴圖問：「在我們分手之後，你究竟又遭遇了一些什麼事？」

我定了定神，然後將我和他分手之後所經歷的事，詳細講述了一遍。

巴圖聽完後，緊張道：「這樣説來，那個駭人聽聞的換頭手術，正在進行中？」

「那要看我已睡了多久。」

「你進來這間病房，有五小時了。」

我苦笑了一下，「五小時，冷藏程序已經完成，我想奧斯教授已開始進行手術了。」

在接下來的三十小時裏，我和巴圖的心情極之緊張而複雜，我們一方面希望奧斯的手術成功，不被算帳，一方面又擔心 **大獨裁者** 活下來後，繼續為害世界。

而不論手術成功與否，我們都十分擔憂我們三人的安全和自由。我們能夠安全離開A區麼？還是將被永遠 **禁錮** 在A區？更甚還可能遭滅口，一了百了。

在那三十小時內，我們有五次和外人接觸的機會，那是四個全副武裝，送 **食物** 進來的衛士。但我們無法從他們口中探問手術的情形，他們根本不回答任何問題。

直到第二天的傍晚時分，一個軍官走進來，向我們宣布：「你們可以離境了！」

由於事情來得 **太突然** ，以致我和巴圖兩人都呆若木雞。那軍官還帶來了我們原來的衣服，命令我們穿上。

我和巴圖迅速地換上衣服，我難以置信地問那軍官：「為什麼忽然 釋放 我們了？」

那軍官並沒有說什麼，只是喝令我們離開病房，由幾名衛士押着走 樓梯 ，來到了醫院的底層。在那裏，我們遇到了神情極其疲乏的「靈魂」。

「靈魂」冷冷地向我們望了一眼，「算你們運氣好，

領袖 **特別命令**，准你們自由離去。」

「手術成功了？」我問。

「靈魂」卻沒有回答我，接着，我看到了奧斯。

他從一個房間走出來，**滿頭是汗**，身子搖搖擺擺，我叫了他一聲，他也沒有聽到，我還想叫第二聲時，身後的士兵已把我押走了。

當我的**頭髮**和眉毛又漸漸地長回原貌時，已經是六個月後的事。而A區領袖神秘地不公開露面大半年後，終於出席了一次公開活動。他的**圖片**經各大傳媒，傳送到世界每一個角落。

自此之後，他不斷地露面，看來十分**健康**，關於他已死的**謠言**一掃而空。但是，這位以前很喜歡演講的領袖，卻再沒有發表演説，像啞了一樣。

這件事，直到我再次遇到奧斯，才知道原委。那是又半年後的事了，奧斯突然來找我，我們詳談了許久，他告訴我：「這次手術算是非常成功，只有一個極細微的**瑕疵**，以致他的聲帶受了損害，他發出的聲音，要離他口部一吋才能聽到，而且聲調十分古怪。但是，我的第二次接頭手術，反倒是完全成功了。」

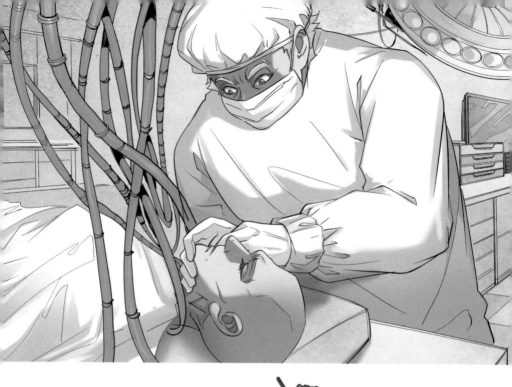

　　我知道他所指的「第二次手術」，是為那個換頭人而施的，那身體屬於一個剛去世的人，奧斯為他的頭移植到那身體去，手術非常成功，可以過回普通人的生活。

　　得知這個消息，我也頓時放下了心頭大石，深深地祝福他。（完）

衛斯理系列 少年版 29

換頭記 下

作　　　者：衛斯理（倪匡）

文 字 整 理：耿啟文

繪　　　畫：鄺志德

助理出版經理：林沛暘

責 任 編 輯：梁韻廷

封面及美術設計：黃信宇

出　　　版：明窗出版社

發　　　行：明報出版社有限公司

　　　　　　香港柴灣嘉業街 18 號

　　　　　　明報工業中心 A 座 15 樓

電　　　話：2595 3215

傳　　　真：2898 2646

網　　　址：http://books.mingpao.com/

電 子 郵 箱：mpp@mingpao.com

版　　　次：二〇二三年四月初版

I S B N：978-988-8828-49-4

承　　　印：美雅印刷製本有限公司